EN EL DESVÁN

TEXTO DE
HIAWYN ORAM
ILUSTRACIONES DE
SATOSHI KITAMURA

Yo tenía un millón de juguetes y me aburría.

Subí al desván.

Y entré.

El desván estaba vacío. ¿O no?

Descubrí una familia de ratones

y una colonia de escarabajos, y un lugar fresco

y tranquilo para descansar y pensar.

Conocí a una araña y tejimos una telaraña.

Abrí una ventana que abría otras ventanas.

Descubrí un viejo motor y lo hice funcionar.

Salí a buscar con quien compartir

lo que había encontrado,

y encontré un amigo.

Mi amigo y yo descubrimos un juego que podía durar

para siempre porque cambiaba todo el tiempo.

Bajé del desván y le conté a mi mamá
dónde había estado metido todo el día.
—Pero nosotros no tenemos desván —me dijo.

Bueno, ella no puede saberlo, ¿o sí?

Ella no ha encontrado la escalera.